Samuil Marschak

Das Katzenhaus

Ein Märchen in Versen

Nachdichtung von Martin Remané

Mit Bildern von Erich Gürtzig

BELTZ
Der KinderbuchVerlag

Die Märchengestalten:

Fürstin Koschka –
eine vornehme Katze

Kater Wassja –
ihr alter Hausdiener

Zwei Waisenkinder –
zwei kleine Katzen

Herr Bockowitsch –
ein alter Ziegenbock

Seine Frau – eine alte Ziege

Die Nachbarin – das Schwein

Ihre Kinder – zehn Ferkel

Baron von Hahn –
ein Cochinchina-Hahn

Seine Frau – die Henne

Feuerwehrleute –
ein Schwarm Krähen

Ihre Kinder – junge Hähne

Arbeiter – mehrere Biber

Ein Schaf

Der Erzähler

Tili bom! – Denkt euch ein Haus,
wie ein Prunkschloss sieht es aus,
Tor und Fenstersims und Giebel
fein geschnitzt, bemalt, nicht übel!
Schon der Teppich, goldgewirkt,
vor der Tür für Reichtum bürgt.
In dem Haus wohnt eine Dame,
Fürstin Koschka ist ihr Name.
Wenn sie durch die Stadt spaziert,
alles steht und gafft und stiert.
Die Garderobe – Samt und Seide!
Und der Pelz und das Geschmeide!
Goldne Ringe, goldne Ketten!
Und von Lack die Stiefeletten!
„Einen Tausendtalerschein
kostet wohl das Kleid allein!“
„Tausend? Nein, die reichen kaum,
so viel kostet schon der Saum!“ –
Also mögen voller Staunen
hinter ihr die Leute raunen.
Sicher bleibst du selber stehn,
seufzend: „Ach, wie schön, wie schön!“
Nicht sie selbst, die so geputzt ist,
jugendlich zurechtgestutzt ist,
nicht den Pelz und nicht das Kleid
meinst du wohl – nein, voller Neid
denkst du dir dabei vielmehr:
Wenn ich halb so reich mal wär!
Schmuck und Kleider gönnt ich ihr,
nur ihr Haus, das wünscht ich mir! –
Nun, von diesem Haus berichte
euch die folgende Geschichte.
Setzt euch hin, rückt näher ran!
Die Geschichte fängt jetzt an.

Also hört: Es war einmal
eine Katze. Höchst feudal
war ihr Stammbaum – sonder Tadel,
ältester Angora-Adel!
Nicht wie andere auf platten
Dielen schlief sie oder Matten –
rekelte sich faul und fett
nur im seidnen Himmelbett.
Daunendecken, weich und fein,
hüllten bis zum Hals sie ein.
Sie besaß ein großes Haus,
wie ein Prunkschloss sah es aus,
Tor und Fenstersims und Giebel
fein geschnitzt, bemalt, nicht übel,
hoch umzäunt von jeder Seite.
Fern zu halten lästige Leute,
schielte aus dem Pförtnerhaus
dicht beim Tor ein Kater raus.

Lang schon diente er als Knecht
seiner Herrin schlecht und recht,
jagte mit der Besenquaste
jeden fort, der ihr nicht passte.
Eines Abends mauzen, kratzen
am Portal zwei kleine Katzen,
arme Waisen, obdachlos,
flehn um Einlass in das Schloss.

Tante Koschka, schau heraus,
bitte, lass uns rein ins Haus!
Du bist reich und wir sind arm,
draußen friert's, bei dir ist's warm,
nimm uns auf, gib uns zu essen,
haben lange nichts gegessen!

He, wer macht da solch Geschrei?
Schert euch weg vom Tor, ihr zwei!

Sei nicht so bös, wir sind Verwandte,
lass uns doch rein zu unsrer Tante!

Verwandte, ihr? Das glaub ich euch!
Macht, dass ihr wegkommt, aber gleich!
Das schleicht sich ein mit leeren Taschen
und will bloß unsern Kuchen naschen!

Wir sind zwei obdachlose Waisen,
zufrieden mit geringen Speisen.
Wir sind vom Hungertod bedroht
und nehmen gern auch trocknes Brot.
Die Mutter starb vor wenigen Tagen,
die Hütte hat der Sturm zerschlagen,
durch Dach und Wand die Winde jagen,
und Mäuse an den Dielen nagen!

Packt euch, ihr Bettler, aber schnell!
Sonst gerb ich euch das schmutzige Fell!
Statt Brot wollt ihr gleich Wurst und Schinken,
statt Milch nur süße Sahne trinken!

He, Wassja, alter Brummelpeter,
was ist das da für ein Gezeter?

Zwei Kätzchen wollten uns besuchen,
sie dachten, hier gibt's Pfefferkuchen.
Ich machte nicht viel Federlesen,
vertrieb sie mit dem Rutenbesen.

Nein, diese ewige Bettelei!
Da hilft nur noch die Polizei!

Verwahrlost ist die Jugend heut,
das gab es nicht zu meiner Zeit!
In ein Erziehungshaus gehören
so unverschämte Katzengören!
Was sich die Tagediebe denken!
Man sollte sie im Fluss ertränken!

(Die kleinen Katzen sind fortgelaufen. Vor dem Tor steht eine Reihe anderer Besucher. Einer zieht die Hausglocke. Die Katze, die eben noch aus dem Fenster geschimpft hat, begrüßt die neuen Gäste mit zuckersüßer Freundlichkeit.)

Ah, wundervoll! Wie mich das freut,
dass ihr zu mir gekommen seid!

Ja, hohe Gäste sind's, die kamen,
nur lauter stadtbekannte Namen!
Der Ziegenbock mit seiner Frau,
zanksüchtig beide, alt und grau,
der eitle Gockel, steif und krumm,
mit seiner Henne, dick und dumm,
in wollnem Umhang wackelt rein
zum Schluss die Nachbarin, das Schwein.

Nun, Meister Bockowitsch, wie steht's?
Und Sie, Frau Meisterin, wie geht's?

Sehr freundlich, uns so hoch zu ehren!
Wenn wir nur so durchnässt nicht wären!
Es fiel ein mä-mä-mächtiger Regenguss,
die Straße schäumte wie ein Fluss!

Knietiefe Pfützen bis hierher!
Wir wateten wie durch ein Me-Me-Meer!

Baron von Hahn, ich grüße Sie!

Äh – küss die Hand, kikeriki!

Baronin Henne, sehr erfreut!
Warum sieht man Sie hier erst heut?

Ganz meinerseits! Auch mir tut's Leid.
Jedoch der Weg ist allzu weit.
Ich geh sonst überhaupt nicht aus,
ich glucke lieber still zu Haus.

Herzlich willkommen, Tante Schwein!
Wie geht's den lieben Kinderlein?

Urriek, urriek! Uns geht's erträglich.
Die kleinen Ferkel bring ich täglich
ins Kinderheim. Den Haushalt kann
zur Not besorgen auch mein Mann.

So fehlt es mir niemals an Zeit,
Besuch zu machen, so wie heut.

Ihr Haus ist wirklich wunderschön,
ich freue mich, es nun zu sehn,
man hat ja viel davon erzählt.

Willkommen ist, wem's hier gefällt!
In diesem Zimmer wird serviert.
Die Möbel – Eiche! Fein poliert!
Die Sessel – weich und angenehm!
Der Tisch – zum Essen sehr bequem!

(nagt am Polster)
Das heißt, die Polster kann man essen?

(streckt die Beine auf den Tisch)
Und auf dem Tisch sitzt man beim Fressen?

Nein, nein, ich bitte Sie von Herzen!
– Sie wollen sicherlich nur scherzen. –
Auf Sessel pflegt man sich zu setzen!
Kein nobler Gast wird sie zerfetzen!
Das tut man nicht, das ist doch klar!
Man frisst doch nicht das Mobiliar!

Wir haben Sessel nie besessen,
im Grünen pflegen wir zu essen.

Wozu sollt mir ein Tisch wohl nützen,
darf ich die Beine nicht drauf stützen!

Dass Sie sich nicht ein bisschen schämen,
Frau Nachbarin, welch ein Benehmen!
(zur Katze)
Wohin kommt man durch diese Türe?

(öffnet die Tür)

Erlauben Sie, dass ich Sie führe,
dort sehen Sie mein Himmelbett.

Äh, das ist reizend, äh, sehr nett!

(zur Henne)

Das ist ein Bett! Da muss man staunen!

(leise)

Ja, Kükendiebe haben Daunen!

Und was ist das? Ein Fanggerät!
für Mäuse – denn mir widersteht
die Mode, Mäuse selbst zu jagen.
Ist dieser Deckel zugeschlagen,
kommt keine Maus mehr lebend raus.
Nach altem Brauch bei uns zu Haus
gilt Arbeit als sehr ordinär.
Wir schätzen saubre Pfoten mehr.
Ja, mein Geschlecht ist sonder Tadel,
von ältestem Angora-Adel!
He, Wassja, zünd den Leuchter an,
dass man das Bild betrachten kann!
Dort sehn Sie meinen Urgroßvater,
ein prächtiger Angorakater!

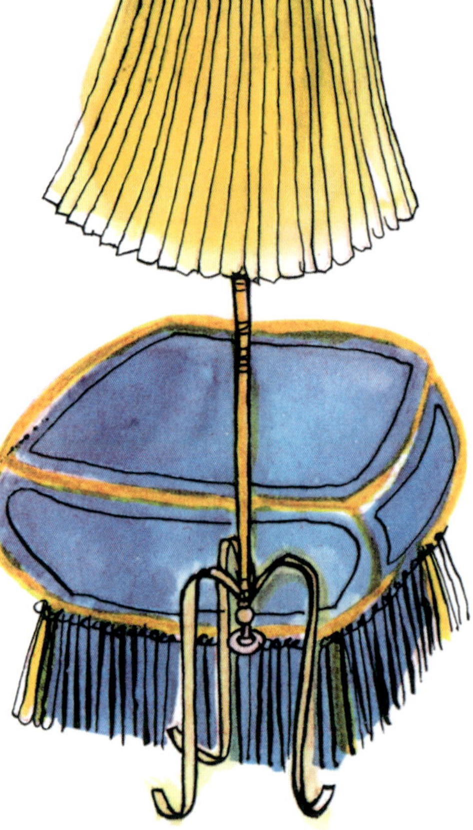

Sehr vornehm! Äh, ganz wunderbar!

Er gleicht mir fast aufs Haar, nicht wahr?
Hier sind wir im Gesellschaftszimmer.
Der Teppich – Plüsch, wie Goldgeflimmer!
Ein Esel, der entzückt von mir,
vererbte mir dies Prachtklavier.
Ich spiele gut, ich prahle nicht,
doch nehm ich weiter Unterricht.
Sehn Sie die Spiegel an der Wand?
Schaun Sie mal rein, sehr interessant!

Aus jedem Spiegel schielt – wie grässlich –
ein alter Bock nur, grau und hässlich.

Mich stiert – wie man sich irren kann –
nur eine dürre Ziege an.

Ich glaub, ihr müsst betrunken sein!
Aus jedem Spiegel glotzt ein Schwein!

Das Schwein scheint auch nicht ganz normal!
Hier stehn doch ich und mein Gemahl!

Wozu der Streit, ob Bock, ob Sau!
Wie wär's, wenn uns die gnädige Frau
– natürlich nur, wenn's ihr beliebt –
auf dem Klavier ein Gastspiel gibt?

Gern singt dazu mein Mann was vor,
ein ausgezeichneter Tenor!
Zwar ist uns Eigenlob nicht eigen,
doch, wer was kann, der soll's auch zeigen!

Mein Ton rutscht besser auf der Leiter
des Morgens, wenn ich frisch und heiter.
Doch bin ich auch zur Abendzeit
zu einem Wunschkonzert bereit.

Baron, wir können's kaum erwarten.
Ach, singen Sie: Ich sah im Garten
einst einen großen Kohlkopf stehn,
der war, der war so wunderschön!

(spielt und singt)
Blau ist die Nacht, die Nacht ist blau,
ein Stern geht auf, miau, miau ...

(singt)
Sie war so hübsch, so hübsch war sie!
Wo ist sie hin, kikeriki!

(leise zum Bock der Blumen frisst)
Trottel! So sich zu vergessen!
Die Geranien zu fressen!

Kahl fräß ich eine ganze Wiese
voll Blumen, schmackhaft so wie diese!
Nie konnt ich bessere entdecken.
Komm, koste mal, auch dir wird's schmecken!

(singt weiter)
Sie war so hübsch, so hübsch war sie!
Wo ist sie hin, kikeriki!

(heimlich neue Blumen nehmend)
Großartig, bravo, kolossal!
Ach, singen Sie doch noch einmal!

Nein, nein, jetzt kommt was andres dran!
Jetzt treten wir zum Tanzen an!
Ich spiel dazu auf dem Klavier.

Dann wünsch den Bocksgalopp ich mir!

Der Ziegenwalzer ist charmanter!

Der Gockeltango viel galanter!

Die Putenpolka tanz ich euch!

Nichts kommt dem Ferkelfoxtrott gleich!

Unmöglich, fünf zu gleicher Zeit!
So wartet, bis ihr einig seid!

Was für Musik soll ich da machen?
Na schön, dann gibt's halt was zu lachen!

(Jeder tanzt im Takt seines eigenen Tanzes.
Plötzlich bricht die Musik ab.
Man hört die bettelnden Stimmen
der kleinen Katzen.)

Tante Koschka, schau heraus!
Bitte, lass uns rein ins Haus!
Gib uns Obdach, gib uns Brot!
Ach, wir leiden bittre Not!
Hast du auch für uns kein Bett,
hab ein Herz und sei so nett,
lass uns auf den Dielen liegen,
uns ins Ofeneckchen schmiegen!
Tante, Tante, sei so gut!
Ach, wie weh die Kälte tut!

Wassja, schaff uns endlich Ruh!
Mach die Fensterläden zu!
Zünd auch noch zwei Kerzen an,
dass man besser sehen kann.
Heiz im Ofen tüchtig ein,
recht gemütlich soll's hier sein!

Ich mache alles, wie befohlen.

Die Bettler soll der Teufel holen!
Ihr, liebe Gäste aber, setzt
euch fröhlich um den Ofen jetzt!
Ob draußen Stein und Bein gefrieren,
uns kann das hier nicht interessieren!
An Unterhaltung wird's nicht fehlen,
wir werden Märchen uns erzählen.

Herr Bock beginnt, ihm folgt sodann
als Nächster Herr Baron von Hahn,
danach Frau Ziege und Frau Schwein,
ich und Frau Henne hinterdrein.

(zum Bock)

Fangt an!

Ein Bock ging auf die Wiese …

Er pickte Körner … Nein, Gemüse!

Er suhlte sich im Mist dabei …

Und schließlich legte er ein Ei …

Dann fing er Mäuse, gleich ein Schock …

Der Bock? Der Hahn und nicht der Bock!

Nein, nein, die Ziege!

Nein, das Schwein!

Die Katze war's, wenn ich's euch sage!

Verzeiht, dass ich zu stören wage:
Mir scheint, es ist schon reichlich spät.
Wie wär's, wenn man nach Hause geht?

Ja, ja, wir gehn, so schön es war.

Äh, äh, ich fand's auch wunderbar.

Ein Nest, gemacht zum Eierlegen.

Mein Hühnerhof ist nichts dagegen.

Und die Geranien, sapperlot!

Wirst du gleich schweigen, du Idiot!

Urriek, Sie haben gut gespielt!
Ich hab mich hier sauwohl gefühlt.
Am Sonntag – sagen Sie nicht nein –
lad ich Sie zum Geburtstag ein.

Am Mittwoch – bitte, nicht vergessen! –
erwart ich Sie zum Mittagessen.
Wir werden nicht mit bestem Weizen
und fetten Regenwürmern geizen,
uns dann aufs Hühnertreppchen setzen
und träumen und gemütlich schwätzen.

Wir möchten Sie in unsrem Garten
am Dienstagabend gern erwarten,
Grünkohlpastete erster Sorte
wird's geben, dazu Himbeertorte.

Viel auszugehn liegt mir zwar fern,
zu Ihnen aber komm ich gern.
Ich werd es sicher nicht vergessen,
gehaben Sie sich wohl indessen.

Verehrteste, mein Ehrenwort,
von heute an bin ich hinfort
Ihr Diener! Ich empfehle mich.

Nicht wahr, Sie kommen sicherlich
recht oft zu mir? – Das wäre schön!

Lebt wohl, lebt wohl, auf Wiedersehn!
Und besten Dank für die Visite!

He, Wassja, komm und leuchte bitte
den lieben Gästen bis ans Tor!

(Man hört die Gäste im Dunkeln sprechen)

Nicht stolpern! Sehen Sie sich vor!
Nach rechts, nach rechts! Dort ist ein Graben!

(ruft ihnen nach)

Dank nochmals für den hübschen Abend!
Nicht wahr, es war doch wunderschön?
Lebt wohl, lebt wohl, auf Wiedersehn!

Dies Abschiedswortewechseln,
dies Komplimentedrechseln
in höchstem Überschwange,
das dauerte noch lange,
das zog und zog sich hin.
Indes – aus dem Kamin,
der gänzlich unbewacht,
wer hätte das gedacht! –
Holzscheite brennend fielen
hinunter auf die Dielen.

Sie schwelten und sie brannten,
die Feuerschlänglein rannten
zum Teppich hin. – Bald stand
in Flammen auch die Wand.
Der Tisch, die Polster glühten,
und gelbe Funken sprühten,
die zornig summend schienen
wie Schwärme goldner Bienen.
Der Hausknecht sah den Brand,
die Herrin kam gerannt.
Sie konnten nur zu zwein
noch laut um Hilfe schrein.
Wie im Haus das Feuer hauste!
Wie es knisterte und sauste!
Wie es durch die Fenster drängte
und die roten Ärmel schwenkte!
Wie es loderte und krachte,
jäh die Nacht zum Tage machte!
Als vom Wächterturm die Krähen
diese Feuersbrunst gesehen,

stießen sie in die Trompeten,
um das schöne Haus zu retten,
schwärmten aus, ein Riesenschwarm,
krächzten laut: „Alarm, Alarm!“
„Tili, tili, tili bom!“,
rief die Glocke. „Nachbar, komm!
Her zum Katzenhaus, es brennt!
Rennt, so schnell ihr rennen könnt!“
Kaum, dass sie gesehn den Brand,
kommt die Henne angerannt,
schwenkt den Eimer mit Gegacker,
hinterdrein, erschreckt, doch wacker,
atemlos, so schnell er kann,
mit dem Besen stelzt der Hahn.

Auch das Schwein kommt angetrottelt,
schwingt ein Sieb – ihm nachgezottelt
kommt der Bock, hat wohl bedacht
die Laterne mitgebracht.

(kommen)

Brandbrigade, angetreten!
Höchste Eile ist vonnöten!
Zehn Paar schleunigst angespannt
an die Spritzen! Hin zum Brand!
Füllt die Tonnen, füllt die Fässer!
Bildet Ketten, dann geht's besser!
Tili, tili, tili bom!
Spute dich, Kollege, komm!
He, du Ziege, he, du Schwein!
Starrt nicht so entgeistert drein!
Helft! Muss man euch das erst sagen?

Hab schon Wasser hergetragen!
Bin gerannt, konnt kaum noch schnaufen,
aus dem Sieb ist's ausgelaufen.

Sollen wir den Brand besiegen,
müssen wir mehr Wasser kriegen.
He, du Hammel, kluges Tier,
gibt es einen Zapfhahn hier?
He, du Schäfchen, denk mal nach!
Fließt ein Fluss hier oder Bach?

So was hab ich nie gesehen,
wenn wir auf die Weide gehen.
Nein! – so weit das Auge reicht,
ist das Ufer eingedeicht.

Diese Leute sind zu dumm!
Nutzlos stehn sie hier nur rum!
Doch da kommen ein paar Biber!
He, ihr Biber, hier herüber!
Mit den Äxten schlagt zusammen
das Gebälk! Erstickt die Flammen,
eh der Brand hinüberschwenkt
und der Wachturm Feuer fängt!

Wir sind der Zimmerleute Zunft,
und was wir tun, das hat Vernunft.
Wir bauen selber unser Haus,
wir weichen keiner Arbeit aus!
Passiert ein Unglück, so wie hier,
dann sind wir da, dann helfen wir.
Maulaffen, rollt euch, aber schnell!
Hier ist kein Markt, kein Karussell!

Hau ruck! Der Zaun wird umgelegt,
eh er das Feuer weiterträgt.
Es darf den Flammen nicht gelingen,
ins Nachbarhaus hineinzuspringen!

Nein! Lasst den Zaun! Löscht dafür lieber
den Brand, ihr wild gewordnen Biber!
Schleppt dafür lieber aus dem Haus
die Spiegel und die Möbel raus,
die Sessel, das Klavier, die Betten!
Will keiner meine Schätze retten?
Ach, Wassja, rede du mit ihnen,
vielleicht, dass sie sich noch besinnen!

Wer denkt jetzt noch an Tisch und Betten!
's ist höchste Zeit, euch selbst zu retten!
Schnell durchs Bodenfenster springt,
aufs Gesims euch schleunigst schwingt!

Ohne Teppich leben? – Nein!

Spring! Gleich stürzt der Dachstuhl ein!
Gleich erfassen dich die Flammen,
bricht das ganze Haus zusammen!

Vorsicht! Weg da! Weitergehen!

Wie denn? Was? Kann nichts verstehen!

Pack dich, pack dich, pack dich weg!

Gok-gok-gok-gok-ga-gu geck!

Das schöne Haus, jetzt bricht's zusammen!

Und alles wird ein Raub der Flammen!

Kein Obdach mehr! Was soll ich machen?

Und ich hab nichts mehr zu bewachen!

Rauchschwaden, schwarze, rundum jagt
der Wind – die Katze weint und klagt.

Kein Dach, kein Bett, kein Tisch blieb mir,
kein Stuhl, kein Teppich, kein Klavier!
Vielleicht, dass uns der Hahn aufnimmt?
Zwei Betten gibt's bei ihm bestimmt!
Wenn sie nur Daunenbetten hätten!
Doch tun's auch Hühnerfederbetten!

Mir ist es gleich. Auf jeden Fall
versuchen wir's im Hühnerstall!

Und sie stolpern durch die nassen
finstren Katzenbuckelgassen,
quer durch Schlamm und Regenpfützen,
Wassja muss die Herrin stützen.
Durch ein trübes Fensterlein
schimmert schwacher Kerzenschein.
Wassja pocht und fragt vorsichtig:
„Zu Herrn Hahn, sind wir hier richtig?“ –
Knurrt des Nachbars Hund darauf:
„Ja, doch der macht keinem auf!“

Liebe Henne, ich bin hier!
Komm und öffne uns die Tür!
Hab kein Haus mehr, hab kein Bett,
gib uns Obdach, sei so nett!
Wassja hat mich hergebracht,
nimm uns auf, nur diese Nacht!

Gern gäb ich ein Bett euch beiden,
doch mein Gatte mag's nicht leiden.
Gäste bringen ihn in Zorn,
schnell zückt er den scharfen Sporn!
Mich selbst könnt er blutig stechen,
wagt ich's, ihm zu widersprechen.
Ja, ein sehr rabiater Mann
ist mein Cochinchina-Hahn!

Gok-gok-gok-gok-kikeriki!
Schwatzt ihr noch bis morgen früh?
Euch soll ich hier schlafen lassen?
Ah, das könnte euch so passen!
Weiß nicht, wann ich alter Mann
selbst mal ruhig schlafen kann!
Krähn muss ich um Mitternacht,
krähn, bevor der Tag erwacht,
krähn bei Sonnenaufgang gleich!
Gebt jetzt Ruhe, rat ich euch!

Nun, da habt ihr es gehört!
Schon ein leises Wort ihn stört!
Kommt ein Nachbar nur zum Schwätzen,
droht er gleich, ihn zu zerfetzen!

Mittwoch – hast du's ganz vergessen? –
ludest du uns ein zum Essen!

Mittwochmittag! – Nicht für immer!
Heut ist Montag! Und – was schlimmer –
es ist Nacht! Zudem bedenkt:
Wir sind hier zu sehr beengt!
Küken, Hähnchen, welche Menge!
Das Geschrei und das Gedränge!
Wie sie durcheinander laufen,
wie sie streiten und sich raufen!
Tag und Nacht wird hier nicht Ruh
und man macht kein Auge zu!

Hack ihn, hack ihn, den Gefleckten!
Gib's ihm tüchtig, dem Gescheckten!
Schlag ihm gleich den Schädel ein!

Racker, wollt ihr ruhig sein! –
Ja, Gevattern, wie ihr seht,
ist's gescheiter, wenn ihr geht.
Kommt in Fahrt die Prügelei,
kriegt auch ihr was ab dabei!

Kater, Katze, packt euch schnell,
sonst gibt's Hirsebrei aufs Fell!
Seht euch vor, wenn wir euch fassen,
müsst ihr mächtig Haare lassen!

Sinnlos ist's, hier noch zu stehn,
Wassja, lass uns weitergehn!

Gute Nacht! Versucht's einmal
nebenan im Ziegenstall!

Schlimm, kein Obdach nachts zu haben
und von Hof zu Hof zu traben!

Sie stolpern fort durch Schlamm und Pfützen
und Wassja muss die Herrin stützen.
Am Fluss entlang geht's gradeaus,
den Hügel hoch zum Ziegenhaus.

Von ferne hört man schon Geschrei,
Herr Bock und Frau sind grad dabei,
sich um ein Schafkopfspiel zu streiten.

Du Hornvieh, was für Albernheiten!
Das Ass mit einem Zehner schlagen!

Du Blödian, muss ich dir sagen,
dass es ein Karozehner war?
Karo ist Trumpf, das ist doch klar!

Karo war Trumpf beim vorigen Mal!
Kreuz ist jetzt dran, ist das egal?

Der Teufel hol's, was meckerst du?
Ich spiel nicht mehr, lass mich in Ruh!
Ich will die Karten nicht mehr sehn!
Längst ist es Zeit, ins Bett zu gehn!

Eins spielst du noch auf jeden Fall!
Wer war der Schafkopf dieses Mal?

Auch ohne Karten weiß ich das!

Halt ja dein Maul, sonst setzt es was!

Ich rat dir, zügle deinen Zorn!
Lang ist dein Bart, doch kurz dein Horn!
Sieh dir mal meine Hörner an!
Mit dir werd ich noch fertig, Mann!
Fang nicht erst an mit solchen Scherzen!

(klopft an die Pforte)
Macht auf, ich bitte euch von Herzen.
Lasst mich und meinen Knecht herein.
Für Dienstag ludet ihr uns ein.
Wir konnten's nicht erwarten mehr,
drum kommen wir schon heute her.

Sehr nett, dass ihr gekommen seid,
jedoch, was wollt ihr hier schon heut?

Seht, wie es regnet, wie es schneit!
Gebt uns ein Bett für kurze Zeit!

Hätt ich ein Bett, ich wäre froh.

Wir nehmen auch vorlieb mir Stroh,
mit einem Winkel, klein und schmal.

Nun, das entscheidet mein Gemahl.
Er hat zwar keine Hörner mehr,
doch ist er ein gestrenger Herr.

Herr Nachbar, wären Sie bereit?

Sag ihnen nein, es tät uns Leid!

Grad sagt mir meine Frau, es sei
bestimmt bei uns kein Plätzchen frei.
Zu lang sind ihre Hörner mir,
drum streit ich gar nicht erst mit ihr.

Der Stichelbart scherzt offenbar.
Doch Platz gibt's keinen, das ist wahr.
Versucht's einmal bei Tante Schwein.
Die hat mehr Raum, die sagt nicht nein.
Vom Tor aus links und gradeaus,
dann seht ihr schon das Schweinehaus.

Komm, armer Wassja, schleppen wir
uns weiter bis zur nächsten Tür!
Stets vor verschlossnen Türen stehn,
nichts Ärgeres konnt mir geschehn!

 Viel Glück, ich wünsche wohl zu ruhn!

 Ach, Wassja, sag, was kann man tun?
Da dachte ich, ich habe Freunde,
doch weisen sie uns ab wie Feinde.
Trotzt jetzt das Schwein noch unsrer Bitte …

 Da ist sie schon, die Schweinehütte.
Die Tür, der Zaun sind fest verrammelt.
Am Fenster sind vergnügt versammelt
zehn Ferkel, die die Löffel schwingen.
Es scheint, sie fressen und sie singen.

 (singen und taktieren mit den Löffeln)
Ich bin ein Schwein, du bist ein Schwein,
wir wollen auch nichts andres sein!

Botwinja-Suppe schmeckt nicht übel,
wir schlürfen aus den ganzen Kübel,
wir schlagen uns die Bäuche voll,
wir fühlen uns sauwohl, sauwohl!
Urriek, urriek, urriek, urriek,
das Schmatzen ist für uns Musik.
Sind unsre Rüssel auch voll Dreck,
wir haben schon gehörig Speck,
wir grinsen, dass die Backen glänzen,
und wedeln mit den Kringelschwänzen
vor lauter Glück, vor lauter Glück.
Urriek-urriek-urriek-urriek!
Und ist der große Trog kaum leer,
kommt schon ein Eimer hinterher!

Auf eure Plätze! Aber schnell!
Gab ich zum Fressen schon Befehl?
Ihr sollt nicht, eh die Alten schlecken,
die Rüssel in die Suppe stecken!
Habt ihr das ganz und gar vergessen?
Wie viel habt ihr uns weggefressen?

Urriek-urriek-urriek-urriek!
Was macht das aus, wird man nur dick!

Die sind vergnügt! Ich glaube, hier
gibt man uns Obdach. Klopfen wir!

Wer klopft da?

Wir sind's, liebes Schwein.
Miau, miau, lass uns doch ein!

Du weißt, mein Haus ist abgebrannt,
die ganze Nacht sind wir gerannt,
ein Obdach irgendwo zu kriegen.
Ich will dir gern die Kinder wiegen
und Topf und Teller putz ich rein!

Das lass nur meine Sorge sein!
Ein gutes Schwein am liebsten frisst
aus einem Trog, der speckig ist.
Ihr Katzen seid doch viel zu reinlich,
drum wär euch unser Schmutz nur peinlich.

Wir haben auch nur einen Raum,
man kann sich drehn und wenden kaum.
Mein Mann ist dick und ich nicht minder.
Dazu zehn fette Ferkelkinder,
es tut mir Leid, wo soll das hin?
Hier ist kein Platz, Gevatterin!

So finden wir denn niemals Ruh,
auch hier schlägt man die Tür uns zu.
Die halbe Welt durchwandern wir
und keiner bietet uns Quartier!

Komm, Herrin, lass uns weitergehn,
ich seh da noch ein Hüttchen stehn.
Das kleinste scheint es mir von allen,
ganz krumm und schief und halb verfallen,
ein morscher, elender Verschlag.
Wer wohl da drinnen hausen mag?
Nur einer, der wie wir verarmt.
Vielleicht, dass er sich noch erbarmt!

Und sie stolpern durch die nasse,
finstre Katzenbuckelgasse,
quer durch Schlamm und Regenpfützen,
Wassja muss die Herrin stützen.
Seitwärts sich ein Pfad verliert,
der zu einer Mulde führt …
Kater, Katze, wenn ihr wüsstet,
wer sich dort hat eingenistet!
Ja, das sind die kleinen Kätzchen,
putzen grade sich ihr Lätzchen,
friedlich dicht am Fenster sitzend.
Aufmerksam die Ohren spitzend,
mauzt die eine: „Hör doch, hör,
ist da vor der Türe wer?“

Will da einer zu uns rein?

Ich bin's, Wassja, lasst uns ein!
Unser Haus ist abgebrannt,
sind im Regen rumgerannt,
suchten irgendwo Quartier,
überall schloss man die Tür.

Ah, du bist der alte Kater,
dieser schlechte Herbergsvater,
der uns selbst sein Tor verschloss,
als es so vom Himmel goss?
Und die unbarmherzige Tante,
die uns freche Bettler nannte,
hast du auch gleich mitgebracht? –
Gestern habt ihr nicht gedacht,
dass vor fremder Tür heut ihr
betteln müsst um Nachtquartier!

Jetzt bin ich nicht mehr Herbergsvater,
bin nur ein obdachloser Kater.

Verzeiht, wir haben schlecht gehandelt,
doch seht, wir haben uns gewandelt!

Von unserm Haus blieb nichts mehr stehn,
nehmt uns doch auf, heißt uns nicht gehn!

Ich bin auf Rache nicht versessen,
kann Spott und Übeltat vergessen.
Doch, ist man obdachlos wie ihr,
sucht man im Stadtasyl Quartier.

Ich zittre schon vor Müdigkeit,
die Nacht ist kalt, der Weg zu weit!

Vier Kilometer ungefähr.
Wenn's ohne Umweg möglich wär!

Auf gradem Weg versinkt man fast
in lehmigen Pfützen und Morast!

Hör, Bruder, lass es uns entscheiden!
Behalten wir sie hier, die beiden?

Unmöglich ist's, zurückzuhinken!
Bedenkt, wenn wir im Sumpf versinken!

Bei solchem Wetter wär's wohl schändlich,
euch abzuweisen, denn verständlich
ist eure Lage uns, weil wir
selbst betteln mussten um Quartier.
Wer hungernd selbst im Regen stand,
vor Kälte zitternd rumgerannt,
kann seine Hilfe nicht versagen
dem, der vom Unglück ist geschlagen.

Doch seht die Hütte an, wie arm!
Kein Ofen macht den Pelz uns warm!
Durch Dach und Wand die Winde jagen
und Mäuse an den Dielen nagen.

Das schreckt mich nicht, wenn wir zu viert
drangehen, ist's bald repariert!
Bin Ofensetzer, Zimmermann,
der auch gut Mäuse fangen kann!

Ich will wie eure Mutter sorgen
für euch mit Sahne jeden Morgen,
und mittags geh ich Mäuse jagen,
so viel ihr wollt, ihr sollt nicht sagen,
ich liebte euch nicht wie Verwandte!
Nun öffnet eurer guten Tante!

Das lasst sich hören, kommt herein!
Ist unser Haus auch arm und klein,
ein trockner Platz, sich auszustrecken,
wird schon noch sein … Nur fehlt's an Decken
und Kissen, um bequem zu liegen.
Man muss sich aneinander schmiegen,
dann geht es schon, dann wird es warm!

Ihr Kleinen, ach, wie seid ihr arm!
Ich hatte damals so viel Kissen,
ich hätt euch welche schenken müssen!

Wir gaben weder Bett noch Kissen
und müssen heute dafür büßen.
Wenn wir jetzt statt der Daunenbetten
nur Hühnerfederbetten hätten!
Die Tante friert, sie ist so zart,
ich selbst bin fast vor Frost erstarrt.
Wir haben auch noch nichts gegessen.
Habt ihr was da zum Abendessen?

Nich als ein Stückchen trocknes Brot,
wenn wir es teilen, langt's zur Not.
Hier ist auch Wasser, wenn ihr wollt.
Und nun zu Bett, schön eingerollt
und aneinander eng geschmiegt,
der kleinste Platz zum Schlaf genügt.

Ja, schlafen, vierundzwanzig Stunden!
Endlich hab ich ein Heim gefunden.
Gut Nacht! Komm, wärm dich, Wassja, komm!
Ah … tili, tili, tili bom …

(sie schläft ein)

Tili bom! – Vor Zeiten stand
stolz an eines Dorfes Rand
ein sehr schönes Katzenhaus.
Wie ein Prunkschloss sah es aus.
Eine breite Treppe führte
in das Haus, wie sich's gebührte.
Tor, Geländer, Sims und Giebel
fein geschnitzt, bemalt, nicht übel!
Tili bom! Das Katzenhaus
brannte an und ab und aus.
Keine Spur ist mehr zu finden,
um von jenem Ort zu künden,
wo's gestanden oder nicht,
doch erhielt sich das Gerücht
– und gewiss nicht ohne Sinn – ,
dass die Schlossbesitzerin
– eine Katze, einstmals reich,
schön und hochmütig zugleich –
heut noch lebt bei unbekannten,
äußerst ärmlichen Verwandten,
wo sie sich zu aller Wohl
sehr geändert haben soll.
Früher herzlos, faul, putzsüchtig,
steht sie heut fürsorglich, tüchtig
ihrem kleinen Haushalt vor.
Selten schwatzt sie vor dem Tor,
putzt die Jungen, putzt die Teller,
geht auf Mäusejagd im Keller.

Auch ihr einstiger Knecht, der Kater,
zeigt sich wie ein guter Vater.
Hat sein Tagwerk er vollbracht,
geht er jagen noch zur Nacht.
Die zwei Waisen wachsen schnell,
haben glänzend weiches Fell,
an Gewandtheit und Gestalt
gleichen sie den Alten bald.
Und schon zeigt sich's: Für die vier
wird zu eng bald das Quartier.

 Kinder, heute bauen wir
uns ein neues Haus, wir vier!
Packt ein jeder kräftig an,
ist die Arbeit bald getan.

 Los, die Balken ausgerichtet!
Und die nächsten draufgeschichtet!

Fertig! Festgenagelt jetzt
und die Treppe hingesetzt!

Und die Fenster und die Türen
schön geschnitzt, und bunt verzieren!

Nun den Ofen in die Ecke,
das Kaminrohr durch die Decke!
Jetzt den Dachstuhl hochgebracht
und mit Brettern zugemacht!

Stopft mit Werg die Ritzen aus!

(Alle rufen)

Fertig ist das neue Haus.

Morgen weihen wir es ein!

Alle werden fröhlich sein!

(Alle)

Komm zur Feier, Nachbar, komm!
– ruft die Glocke – tili bom! …

MIX
Papier | Fördert gute Waldnutzung
FSC® C089473

Dieses Buch ist erhältlich als:
ISBN 978-3-407-77153-7 Print

Verlagsgruppe Beltz, Werderstraße 10, 69469 Weinheim
service@beltz.de

Einbandgestaltung und Illustration: Erich Gürtzig
Neue Rechtschreibung
Druck und Bindung: Beltz Grafische Betriebe, Bad Langensalza
Beltz Grafische Betriebe ist ein Unternehmen mit finanziellem Klimabeitrag (ID 15985-2104-1001).
Printed in Germany
14 15 16 27 26 25

Weitere Informationen zu unseren Autor:innen und Titeln finden Sie unter: www.beltz.de